光る種子たち

桂沢　仁志

目次

光る種子たち

少年とブランコ

大空へと駆り立て運動を支えるものは
どんな盲目的な意志であるのか？
限界を超えようとする強い力に
鎖にかかる鉄の張力が拮抗する

円弧の中心と少年とを結ぶ線上の火花
耳朶に気流の共鳴を聞きながら
少年はなおもブランコを漕ぐ
落下する地平線が目の先にあった

鰯雲（いわしぐも）に半ズボンの足を突っ込み
少年の夢と心と悲しみと痛みは
ブランコの錆びた鎖の軋（きし）みとともに
遥か秋空にぶら下がろうとする

少年はなおもブランコを漕ぐ
三半規管（さんはんきかん）の渦巻きが反転したまま
ポケットに今日の悲しみを一杯詰めて
いまも空の高みで逆立ちをしている

纏足と自由

纏足（てんそく）された足たちが
完全な自由を得たとしても
その伸びやかな本来の姿を
決して取り戻せないように

暗い感情の密室の中で
束縛と苦悶に巻き付けられて
おまえは本来のあの瑞々（みずみず）しい
微笑みをすっかり失ってしまった

かつて自由の国を求めて
勇敢に戦った人たちも
家に帰ると何百人もの
奴隷の支配者だったように

歴史も人生も後戻りしながら
いくらか進んでいくものなのか?
手に握り締めた鋭利なナイフ
束縛を断つか自身の胸を突き刺すか?

黄疸の太陽

敢えて終わりを告げ合う
不毛な会話は不要だった
心の傷は指の透き間から
零れ落ちる砂のように

淡々とした日常の日々の中に
呑み込まれ押し流され
気が付くとぼくたちは
深い川の両岸にいたのだった

マイルス・デービスを聴いた
薄暗いジャズ喫茶にも
埃っぽい街頭の喧騒と
靴音の乱れたデモ行進にも

結局ぼくたちはどこにも
居なかったも同然だったのだ
秋の夕暮れの丘の上を病んだ
黄疸（おうだん）の太陽が滑り落ちていく

空を数える人

目の中には空があり
空の中には季節がある
色づき始めた丘の斜面に
ぽつんと立木のような人影がある

空を数えているのだという
目も顔も蒼い空洞そのものだった
白い巻雲（けんうん）が空の高みを掃いていた
吹き過ぎる風は目の気流である

いくつの風景が彼を浸し
いくつの思いが彼を捉え
いくつの影が彼を通り抜けたのか?
木の枝の蓑虫(みのむし)が秋風に揺れていた

空の中には季節があり
目の中には空がある
遺棄(いき)された思いからも取り残されて
頑冥(がんめい)な心だけがまだ空を数えている

高貴な絶滅

数万年前の古い地層から
マンモスゾウが掘り出されたという
化石だというよりはほぼ
遺体の姿で肉や皮膚も鮮やかだった

長い睫毛の目蓋（まぶた）を閉ざして
じっと永久凍土に眠っていた
お前が無理やり引き出された所は
文明というメスが発達した世界

生物学や発生学などにより
ＤＮＡとともに明かされるだろう
それにしてもお前は悲しいマンモス
何というその高貴な絶滅の姿勢

初夏になって融け始めた
広大な原野の冷たい表土から
巨大な白い牙を誇らしげに
天に突いて瞑目(めいもく)していたのだ

思い出と真実

思い出はモルヒネで
脳裏に巣食う苦痛を魔力で癒す
思い出は飴色の蜂蜜で
心の底の土色の悔恨を甘く溶かす

思い出は出刃包丁で
平穏だった胸を無惨に切り裂く
思い出は忘れられた玩具で
意識の隅で埃を被って転がっている

真実はダイヤモンドで
どんな鋭利なナイフでも傷付けられない
真実は身中の硬い棘で
触れようとすると激痛を引き起こす

真実はブラックホールで
あらゆるものを闇の底に飲み込んでしまう
真実はアダムとイブの蛇で
邪悪な甘い声色(こわいろ)で囁きかける

遠ざかる岸

腕をかいてもかいても
もと来た岸から離れていった
買ったばかりのビーチサンダルは
とうに潮の流れの中に履き棄てた

数時間前　行きの泳ぎは
凪(な)いでいて気楽なものだった
陽に輝く滑らかな海面を
友らと歓声を上げて泳いだ

砂州での釣りや漁は楽しかった
高校生活最後の夏休みだった
みんなで獲物の魚や蟹を
鍋に入れ火をおこして囲んだ

だが帰りの潮は疾(はや)く激しく
誰も声を立てる者などいなくなった
友の影を探して必死に腕をかいても
向こう岸はますます遠ざかるばかりだった

庭園にて

異国風な教会の漆喰の丸天井から
剥がれるように白い悲しみが降ってくる
故郷など遠い思い出は美しいと言うのは
死にゆく者に死は天国だと告げるに等しい

生き物の肉を切るのに冷たく鋭利な刃よりも
軟らかく鈍い刃の方がより残酷であるように
甘美な世界への妄信は大いなる悲劇を生む
だから神は太古から冷酷でなかったためしはない

牧師らによる神の祝福の下に飛び立った爆撃機
焦熱地獄と十数万人の死が地に繰り広げられた
占領地では軍と住民の民族と文化が火花を散らし
いつの時代も神の名の下で殺戮が行われてきた

教会の庭園に美しい花々が咲き乱れている
薔薇　雛罌粟（ひなげし）　クレマチス　赤　黄　白　紫
自然はこのように鮮やかな色彩を与えたのに
我々は何と貧相な思考しか持たないのだろう？

白い雨

病室の錆びついた窓を
冷たい雨が打っている
日常生活からも誰からも
遠く離れた小さな療養所

抜け落ちたはずの灰色の
記憶や感情の欠片から
ふいに痛みの思いだけが
容赦なく俺の神経を突き刺す

人なき街を抜け
実りなき野を駆け
星なき空の下を巡り
道なき道を進むのか？

俺には錆びついた鉄格子の
はまった窓だけが日常なのだ
痛む記憶がきみの影を追い
野ざらしの悔恨を白い雨が打つ

漁

気高い死があれば
無意味な死もあるのか？
夜の漁に出かける
一隻の漁船が沖をめざす

月明かりの破片の
銀箔（ぎんぱく）が揺らぐ広がりの中を
水平線の闇の向こうへ
落ちていく一つの黒い点

信じられたものが
美しかったわけではない
信じようとする魂が
鼓動に震えただけかもしれない

夜が明け茜色に染まった
水平線から一艘の舟が現れる
望まれた生があれば
望まれない生もあるのか？

真実と虚偽

悲しすぎるから人は
あの世を創り上げるのか？
愛する人たちを常に
その世に住まわせるために

辛すぎるから人は
天国を宙に描き出すのか？
父母　祖父母　兄姉たちを
その薔薇園に住まわせるために

だがいつの時代もどこの世も
深く肉を刺す棘の真実よりも
柔らかく甘美な虚偽（うそ）のほうが
より人々に愛されるものだ

海の向こうでは貧しさから
少女は身を少年は腎臓を売る
需要と供給で成り立つ商品経済
朝に夕に彼らは村から消えていく

百の花

一つの悲しみに　一つの花が咲き
一つの喜びに　二つの花が咲く
一つの愁いに　九つの花が咲き
一つの苦しみに　十三の花が咲く

一つの嘆きに　一つの花が咲き
一粒の汗に　三つの花が咲く
一雫(しずく)の涙に　十の花が咲き
一筋(すじ)の血に　十一の花が咲く

一つの絶望に　一つの花が咲き
一つの恐怖に　四つの花が咲く
一つの孤独に　六つの花が咲き
一つの悔恨に　十四の花が咲く

一つの願いに　一つの花が咲き
一つの叫びに　五つの花が咲く
一つの呪いに　七つの花が咲き
一つの祈りに　十二の花が咲く

時代遅れのサングラス

上着の内ポケットに密かに隠した
ぼくの青紫の憂鬱を返してくれよ
疲れた眼には街の灯は強すぎて
瞳の中の恥部が丸見えじゃないか

だから黒いサングラスをかけて
ぼくは眼と心に分厚(ぶあつ)い蓋をした
夕暮れの街の風には四季も薫りもない
スーツとパンプスの人波が溢れる舗道

信号待ちの間に千の顔の二千の瞳が
昨日と今日と明日の損得を数え上げる
イルミネーションに彩られた街角に
爛(ただ)れた夜に季節の星が昇ることはない

ビルの間に虚しく病んだ靴音が響く
だから時代遅れのサングラスよ
ぼくの上着の内ポケットに隠した
あの青紫の憂鬱を返してくれよ

摂理

すべての人が人を
愛せるわけではない
すべての女が人を
愛せるわけではない

すべての女が
母になるわけではない
すべての母が
子を愛せるわけではない

夕暮れの雲の端から
血が滴り落ちてくる
生と死の領域が溶け合い
黒い情念に絡まりながら

生きる見込みのない仔を
母猫は自ら食べるという
すべての母が
子を愛せるわけではない

老船と夏の陽

夏の園は草花の草いきれで噎せるほどだった
すでに盛りを過ぎ末枯れ凋落し糜爛する花
まだ見ぬ生への憧れに打ち震える淡彩の蕾
悲喜こもごもの嘆きと息吹きが聞こえてくる

小石を敷き詰めた小道を登って丘に立つと
白い積雲が水色の海と空の間に浮かんでいた
きみはじっと眼下の港に停泊中の船を見ていた
外国からの老貨物船で船体は錆だらけだった

「老船は死なず　ただ荷を積んで運ぶのみ、か」
甲板の錆の模様は鎖に繋(つな)がれた老犬のようだった
「私たちもいずれあの船のようになるのかしら？」
「まさか　きみは今も夏の鮎のように新鮮だよ」

きみはいつの間にか火照った二の腕を絡ませてきた
汗ばんでそれとなく下着が透けた薄紫のシャツから
花園で咲き誇っていた目映(まばゆ)い夏の花の匂いがした
午後の陽は雲の上でなおじりじりと照り付けていた

ダイバーの闇

澄み切った南の海の
マリンブルーの水中を進む
青や黄色の熱帯魚たちが
お前の体をすり抜けていく

酸素ボンベにより吐く息が
背後で泡となって弾ける
「この世では強い者のみが
人生を摑むことができる」と

進化した魚の鰭(ひれ)が手肢(てあし)なら
退化したのは人間の平衡感覚
お前は人生も富も宝も何一つ
手に入れることはできないだろう

ますます暗さを増していく
青い深淵に妖しく誘われ
お前は感覚を失ったまま
深い水の闇の中へと消えていく

身中の棘

真実は遠く夢は幻にすぎなかった
魂の喉元は扼殺（やくさつ）されたも同然だった
かつて夕陽の丘を一頭の馬が
荷を曳いて上がるのを見たことがある

影絵となったその馬の表情は
荷役に歪む苦悶の姿だったのか？
または主人とともにまだ荷を曳ける
生の喜びに弾んだ姿だったのか？

青春の時が華（はな）だったためしはない
だが時を失うまいとみな走り続けた
輝ける者は多くの生と死の上に立つ
生の闇が深すぎて俺は盲目だった

思い出を追憶とともに語ってはならない
あの頃に発せられた幾つかの声は
茨の棘のように身中深く入り込み
いつまでも俺の肉を刺し続けるのだ

受胎

お前は独り往くがいい
果てしない不眠の夜の
地下深い廃坑の中の孤独
蒼白い死の影がお前を包む

黄昏に遠い記憶は身を潜め
この威厳に満ちた朱の静寂
黒く錆びついた血のナイフが
褐色の地に突き刺さっている

かつて地球は生き物と共にあった
神から火を横取りした人間たちが
生き物を焼き動物を焼き人を焼いた
衰弱した少女の傍らで禿鷲が待っている

咎(とが)はお前の背にではなく目の中にある
粉々に壊れた時間が指の間から零れる
透明な月光に射ぬかれたお前の体
その冷たい受胎とともに苦難が始まる

少年と夜光虫

日が落ちると少年は釣りをあきらめて
釣竿を浜に置き上半身裸になって海に入った
海の水の上層は昼の日差しを含んで温かかった
だが腰から下の水は海本来の冷たさがあった

少年は岸から沖に向かって泳ぎ始めた
岸に戻ってみると元いた場所から離れていた
自分の平衡感覚が夏の日差しで狂ったものか
湾を流れる沿岸流に流されたのかもしれない

「元いた場所」「自分の居場所」「安らげる所」
「自分にはそんなものはもともとなかったのだ」
学校や家庭にも友人からも母からも遺棄されていた
「安息の場所」がある人は幸運な人たちなのだろう

少年が水を一掻きし　また水を一蹴りすると
手と両腕両足が青白く光った　夜光虫だった
驚いた夜光虫が体にまとわりついて青白く光った
彼はなおも沖を目指す　水中で光る人形（ひとがた）となって

美しい花々

美しすぎる花には
肉を刺す棘があり
妖しい果実には
糜爛の甘い匂いがある

一輪の白い花が
清冷の朝露に顫（ふる）えるとき
私たちの心は
死の影の 誘（いざな）いに戦くのだ

夕焼けの空が雲の端(は)を
血の色に染めるとき
老人たちは重い足を
引きずって帰ってくる

この村には少年も少女も
若者たちもいない
大地には色鮮やかな
罌粟(けし)の花が揺れている

※アフガニスタンでは長期にわたる内戦により若者たちは敵・味方に分かれて戦闘。村は荒れ果て耕作地は軍事費捻出のため阿片を作る罌粟畑に変わってしまった。

メニエール病の林道

見上げるとナラやクヌギの
樹の枝々は若葉に溢れ
萌黄(もえぎ)色の葉の透き間から
晴れた空の午後の陽は零(こぼ)れ

きみはその日までに見た
花々の彩りに目を射貫(いぬ)かれ
芳(かんば)しい花粉と蘂(しべ)たちと
甘い蜜の匂いに酔って

樹の幹に手を置いたまま
目が眩んで地に膝をついていた
澄んだ青い空の下の
五月のメニエール病

私らの不毛な出会いは一種の病が
もたらした幻かもしれなかった
あの時ならまだ林の向こうに
別々の道があるはずだった

初秋の岬

秋の高く澄んだ青い空に
夏の入道雲が浮かんでいた
遠く過ぎ去ったものたち……
父母　祖父母　兄弟　友たち

麦藁帽子と野原を駆けた捕虫網
折れたバットに破れたグローブ
浜辺の白いパラソルと線香花火
ビーチサンダルに水中メガネ

あの巨大な幾重もの積乱雲も
水分が凍った氷晶の粒であり
いずれの日々も過ぎ去れば
刹那の夢の一刻の幻影となる

それともただ神経の記憶の回路に
刻され残された痕跡に過ぎぬのか？
午後の岬は陽で汗ばむほどだが
遠い海からの風は秋の気配がした

祝福された命

慈悲深い神がいて
人々は死に臨んで
己の犯した罪を悔い
神の前に赦しを請う

いかなる国の民族か
いかなる罪かに拘らず
至福のうちに永遠の
命が与えられるという

敬虔（けいけん）で恭順（きょうじゅん）な人がいて
家族思いの良い父親だった
己にも仕事にも厳格で
機械のように正確だった

彼はいつも決まった手順で
ガス室のボタンを押した
やがて煙突から黒い煙が立ち上（のぼ）り
祝福された命らが天に昇っていった

川の海藻

ゆるゆると夏の日は落ちて
河畔のオープンカフェから
対岸の夜間営業レストランの
イルミネーションが点るのが見えた

テーブルの上に置かれた
大正風の洋燈（らんぷ）の明かりは
川面を渡る風に吹かれて
辺りの光と影を揺らした

ふと夜の汐(しお)が満ちてきて
海の水と川の水が騒いだ
元安川※を魚たちが跳ねる
闇夜に日が当たったことはない

あの日爆撃の後　熱さから逃れ
水を求めて川に飛び込んだ人々
女の人たちの長くて黒い髪が
波間の海藻のように揺れていた

※元安川…広島市内で分岐する大田川の支流の一つ。原爆ドームはこの畔に建つ。

秋の暮れ

煉瓦のように焦げた晩秋の
夕暮れの樺（かば）色の空の中を
鴉と川鵜（かわう）の群れたちが
黒い点の帯となって帰っていく

いつの間にか東側の空から
濃い藍色の領域が覆い始め
川原の薄（すすき）の末枯（すが）れた穂が
乾いた風にかさこそ揺れていた

ぼくは家族から取り残された
少年の日の一つを思い出した
あれは夢か幻だったのか？
窓辺での昼寝からふと目覚めると

家は真っ暗で誰も居ず縁側から裸足で
飛び出して見たあの空と同じだった
宵闇（よいやみ）に包まれた北の山々には
すでに冬の影が忍び寄っていた

黒い慈悲

皆さん私は医師の立場ではなく
一人の人間としてお話ししましょう
治療してもまるで回復の見込みがなく
ただ入院していることしか術がない人たち

彼らはどんな病に病んでいることすら分からず
鉄格子の中の一隅でしか住めないことも知らず
幻聴や幻覚や妄想に責め苛まれていないと
あなたがたは言い切れるのでしょうか?

いろいろな薬や作業療法や電気的ショックなど
あらゆる治療を試みましたがみな無駄でした
むしろ彼らに苦痛と不安と恐怖を与えました
我々は甘すぎました　救済は別の道にあったのです

皆さんは彼らの苦痛を救えると断言できますか?
だから我々が彼らの苦痛を救って上げるのです
これらの施術は患者救済の唯一の方法であり
安らかな天国へと導く「慈悲の死」なのです

※第二次大戦前・中にナチスが実施した「生きるに値しない命」と認定した「心身障害者」を、一酸化炭素などで大量虐殺し絶滅させる「T４」作戦で精神科医が話したとされる言葉。犠牲者は二十万人以上。「T４」作戦で使われた方法は後にアウシュビッツ収容所などで利用された。

通り雨

石造りの橋の欄干を打ち付ける
大粒な雨による冷たい笞（むち）の痛み
遠くの思い出という甘い画布を
無惨にも突き刺す天からの礫（つぶて）

私らはもはや別れねばならないだろう
思い出が現実以上に事実だとしても
現実は思い出以上に非現実的だった
どこかで遠雷の低い響きが聞こえる

過ぎたものたちは崩壊の砂と化し
重力に歪んだ面影が炎の中で燃え上がり
一つの時代にともに過ごした魂たちは
一時（ひととき）の夢の雨宿りに過ぎなかったのか？

さようならの言葉さえもなく
ただ言いさしの会話のままに
蒼い頬をしたきみの虚ろな目の中を
雨脚が白く駆け抜けてゆくばかりだ

一夏の脱皮

一年の季節の中の
最高の塔のように
幾層もの白い入道雲は
青い夏空に聳え立つ

午睡に眠る村里を囲む
緑濃い山々と清流は
炎熱の陽光(ひかり)に煙って
野も村も微睡(まどろみ)の中にある

だが木蔦の茂る谷川に
陽に褐色に光る肌の
夏の少年たちは集い
岩場から川の淵に飛び込む

どこかで牛の鳴く声がするが
少年はひたすら川面を目指す
銀の水しぶきを纏って輝き
一夏分の脱皮の予感に酔う

耳傾けよ

夜更けに宇宙の静寂の闇の中に身を浸し
暗黒星雲が生きている星を呑み込む時を感じ
血管の中を流れる血の悔恨と希望の泡立ちに
耳傾けよ

広大な宇宙の星々の壮麗な葬送と誕生
汚染された土壌から吸われた樹液が幹を上る星の
胎児らの屈(かが)めた膝が母の子宮を蹴る小さな足音に
耳傾けよ

喉元で扼殺(やくさつ)され発せられなかった魂の叫び
捨て去られ忘れ去られ記憶の底にもない心の傷跡
ついに日を見ることのなかった胎児らの声なき産声に
耳傾けよ

両親の死にも流されなかった涙の干涸びた塩
出口を塞がれた蝉の幼虫の縮れていく翅脈(しみゃく)の音
黒い森の中で密かに圧殺された魂たちの発光する声に
耳傾けよ

廃墟の塔

時は流れ人は逝き
時は巡り人は出ず
望まれて産まれた生があり
望まれず産まれた生がある

この世が真実ならば
人々は夢の中を生き
この世が幻影ならば
人々は泥の中を行く

夜明けの村は慈愛に溢れ
田畑や川や森から生命が立ち昇る
夜更けの街は利欲に淀(よど)み
暗がりの中で男女らが蠢いている

信じられた日々は遠く過ぎ去り
赤錆びた廃墟が崩れかけている
信じられない時代が目の前に
陰湿で凶暴な口を開いている

潮騒の光

親戚の家は半島の端にあった
夏休みの深夜　従兄弟たちは
昼の浜遊びで疲れ果て寝入っていた
暗闇の向こうに仄光るものを見た気がした

カーテンを開けて窓の外を見ると
それは光ではなく何物かの声のようだった
生きているものや死んだものたちの声が
くぐもった潮騒となって叫び続けていた

いつの時代も真実の側にいようとする者が
必ずしもこの世に生き残るわけではない
しかるべく調理された腐肉は美味であり
背徳の杯はこの上なく甘美な酔いを生む

部屋の中では従兄弟たちがまだ眠っていた
窓の向こうでは鈍い潮騒が唸り続いている
遠い少年の日に見た闇の中の仄明かりは
圧殺された魂の叫びが発光したものだったのか？

等しき誕生

愛する男であれ
捨てられた男であれ
行きずりのことであれ
紛争地での暴行によってであれ

女は等しく子を孕む
地球の大地の豊饒性
種が同じである限り
生の内に新しい胚が宿る

望まれたにせよ
望まれなかったにせよ
愛したにせよ
憎んだにせよ

等しく新しい命は宿り
生はこの世に産み落とされる
胸に抱いた生命を家族が囲む床であれ
ただ一人素足を伸ばす冷たい手術台の上であれ

逃げ水の中

暖かな春の日　岬へと続く砂浜は
早くも逃げ水で濡れているようだった
女はサンダルの紐を指に絡ませ
裸足で波打ち際を歩いていった

日差しか潮騒に酔っているのか
女の足取りは覚つかなく見えた
「自由って無分別と同じようなものね」
指から垂れたサンダルを揺らして言った

沖の船からかすかな汽笛が聞こえてきた
女は突然振り向くと男の顔を覗き込んだ
「あなたは暴力的にでも私を奪うべきだった」
非難めいた声色が波の泡とともに砕け散った

男は波打ち際に残った裸足の女の足跡が
印されては波に消されていくのを見ていた
「友人ときみを奪い合う気などなかった……」
サンダルが逃げ水の中で揺れるばかりだった

夜光虫

俺達の静かで安らかな眠りを
邪悪にかき乱すものは一体何だ？
かつて水平線を覆う空の下で聞いた
船首が海を裂く音は子守唄だった

カモメたちが船橋（ブリッジ）すれすれに掠（かす）め飛び
俺はデッキブラシを振り回して遊んだ
船の道は全てに通じていると信じていた
空は青く海はさらに青いはずだった

人生が些細なものに躓(つまず)くように
俺達の船は小さな岩に座礁(ざしょう)した
近くで火の手が上がり海に飛び込んだ
俺は海の中を生と死の間を泳いだ……

海底に降り積もった歳月を逆撫(さかな)で
暗い夏の夜に海の密かな墓場を暴き
蒼白い仄かな光でその輪郭をなぞり
溺死体(できしたい)の顔を浮き上がらせている

生と死

生きるということは
悲しみを飲み込むこと
死ぬということは
遺った者に謎の遺産を残すこと

生きるということは
失った人の不在を担うこと
死ぬということは
心の小箱に思い出を閉じ込めること

初夏　銀色の陽の砂が
並木道の枝葉に零れ落ちていた
きみは疲れ果て目は灰色で
何も見えないも同然だった

夕暮れになると楡（にれ）の樹から
乾いた冷気が剥がれ落ちてきた
生の向こうに死があり
死の向こうに生があるのか？

運命の箱

この上なく幸せで確かだと
思われた時間も場所も
時代や世の流れの中で
いずれ思い出の傷となり

やがて靡爛（びらん）し朽ち果て
傷跡さえも枯れ落ちて
砂塵（さじん）一粒の重さもなく
吹く風に飛び去っていく

なぜ夕暮れの空はいつも
赤黒い血の臭いがするのか？
世や社会が自らの真の姿を
明らかにしたことはない

鳥の雛たちが小さな巣の中で
身を寄せ合っているように
ぼくたちは運命の箱の中に
身を閉ざしているだけなのだ

不眠の枕辺

眠られない夜は辛く虚しい
千キロの道より遥かに遠い
かつてぼくは千キロもの道を
何度も列車と船で行き来した

車窓を流れる小さな町や景色
秋の紅葉に染まる山あいの村
真夏の海の光に輝き揺れる凪
凍りついた雪原から昇る朝日

丸一日乗りっぱなしでも
疲れなど少しも感じなかった
列車と一緒に進むことで
どこかの地平へ行けそうだった

だが今やレールは錆び付き
鉄橋は崩れ落ちかけていた
もうトンネルを抜けたのか?
不眠の枕辺にまた出勤の日が昇る

黒い種子

歪んでどす黒く爛れた種子
狂気と死をその遺伝子に受け継ぎ
頽廃と驕慢をその脊髄に宿らせる
夜宴にフォアグラとキャビアを舐める舌

幸せな境遇に生まれ合わせた人たちは
薔薇色で幸せな人生を過ごせばいい
いつまでも身の不遇をかこつ人たちは
一生涯嘆きを抑えることができない

地球の表と裏に昼と夜があるように
地球の北と南に夏と冬があるように
日の当たる真実と闇に葬られる真実がある
それでも地球は地軸の周りを回り続けている

空に掘られた墓地で誰かが笑っている
夕闇はこの街に黒い潮を呼び寄せる
無音の宇宙に投げ出された人のように
お前はただ独り心臓の鼓動を聞いている

蜘蛛の絲（いと）

鏡のむこうで鈍い光の
飴（あめ）色の液体が流れている
おまえは独り出刃包丁で
長い髪の枝毛を切っていた

約束の刻限はとうに過ぎていたが
蒼い瞳の危険な遊戯と憧れに
六月の風の中　頬を紅く染めていた
世に情欲を笞（むち）打つ理知などはない

傾きはじめた地軸の独楽（こま）は
足許の時間と重力とを失わせた
闇空の奥底で遠雷が仄めいた
つと青白い素足に電撃が走る

背徳の夢遊（むゆう）の白い絲に絡まって
おまえは宙に逆さ吊りのまま
遺棄（いき）された風景の流した血の跡に
気づくことさえなかったのだ

赤い花

鉄の文明を競う国らに巻き込まれて
斃(たお)れた亡き王女のために貝殻で飾られた
小さな柩(ひつぎ)が沈められているという
穏やかな民が暮らす南の島の青い海

希望や未来が目の前にある訳ではなく
時代の波は背後からも押し寄せる
かつて砲弾が炸裂し銃弾が飛び交った
澄んだ空の白い砂浜に穿たれた墓

夥(おびただ)しい無名の人たちが朽ちた小島の浜
古代から文明は鉄と火薬で秤(はか)られてきた
島の暗い密林の枝から垂れ下がった
跡形もなく吹き飛んだ人間の内臓

珊瑚礁が取り囲む青い海の静かな島
王女のために島人たちが植えたという
鮮血を吸い込んで午後の潮風に揺れる
浜辺に咲き乱れる真っ赤なハイビスカス

闇の口

私たちの脳幹（のうかん）の奥底には
未知の深い闇があるという
宇宙のブラックホールのように
ある物全てを呑み込んでいく

過去も現在も未来も
真実も虚偽も生も死も
救いのない日々の泥沼に
身動きできなかった時代も

世界ではいつもどこかで
紛争が起き憎しみが憎しみを生み
武器が売られ人が買われている
難民が難民を貧困が貧困を生む

平和な日常とは安定的に存在する
特権的に守られた生活なのか？
いつの世も私たちの宇宙の中には
不可視の黒い口が開かれている

残影

どこからなのか微かな耳鳴りがしていた
乾いた耳管を抜け黄金色の麦畑の上を渡り
鼠たちの巣くう都会の下水道で悪臭と混ざり
現金入りの菓子折りが渡される料亭を抜ける

憂鬱　気の病　心の病　捩れた神経の病か？
「過ぎ去ったものは美しい」とは甘い虚妄だ
袋の中に仔猫を入れて老婆は川に投げ入れたし
障害のある赤子の顔に濡れ雑巾を押し付けた産婆

かつて村や町には背や腰が曲がり見すぼらしい姿の
「老人」という名の人たちが住んでいると思っていた
同じように自分たちは「永遠に子供」だと信じていた
夕立の後雨宿りした楠の下で見た虹は真実のはずだった

冬の曇り日　湖の水面（みなも）は雲を映し鈍色（にびいろ）に輝いていた
真鴨などの冬鳥が夥しい黒点となって浮かんでいた
視覚が網膜に結ばれた視神経の残像であるように
私たちの記憶も思い出も脳神経の残影かもしれない

永遠の不在

あなたは目で語ることもなく
別れも言わず去っていきました
手や指を伸ばすこともなく
真実を一言も語ることもなく

「この地球の周りには
太陽の光が八方に溢れている
夜とは地球が自身の影に
入っている時間である」と

子供の頃教えてくれたのは
確かにあなたでしたね？
そんなあなたがまるで自分の影に
身を沈めて姿を隠すようにして

何も語らず何も示さず何も残さず
私たちを謎で金縛(かなしば)りにしたまま
ただ一人で逝ってしまったのです
永遠の不在というあの闇の中へ

生と死の間

朝早く町外れの小高い丘に登ると
はるか山並みは霧雨に白く煙って
山頂を包んでいるはずの残雪は見えなかった
彼女から父親の自殺と理由を打ち明けられた

一つの死が金に変わり遺族を救ったのだと
彼女の唇は朝の冷気で小刻みに震えていた
必死に耐えていた目にはみるみる涙が溢れ
蒼ざめた頬を伝い大きな粒となって滴り落ちた

かつて特攻出撃した者は帰らないとされていた
「軍神」となると階級が一つか二つ上げられた
だが機体の故障などで引き返してきた者たちは
「軍神失格の非国民」として秘密寮に入れられた

いつの世も死で購（あがな）えるものがあるのか？
人柱　人身御供　燔祭（はんさい）　殉葬（じゅんそう）
地軸の向きがいつまでも変わらないように
私たちは生と死の間を回り続けるのか？

春雨

細い町並みは小糠雨（こぬかあめ）に潤んでいた
微熱に病んで髪を解く女のように
舗道に映った風景と疎（まば）らな人影が
宙をさ迷うきみの目の中で溶ける

かつてきみが冷たい雨の中で
ずぶ濡れのまま震えていたとき
すでにきみは目の奥でこの風景を
じっと見ていたのではなかったか？

予定調和が運命に含まれるならば
人の生が望まれるわけではなく
人の死が看取られるわけでもなく
信じられたものたちはみな幻だろう

「どんな夢も見果てるか見限るか
断ち切るかのいずれかなのね？」
きみの手は硬く閉ざされたまま
暮れてゆく町角で白く濡れていた

高原の秋日（心象）

日時計の指針が中天を指し
高原の起伏を滑る銀色の風
軽やかな語らいの午後の日差し
ぼくたちは光に溢れる青い空だ

斜面に揺れる秋桜の花の薄紅の濃淡綾
モザイク形に色づき始めた樹々の紅葉
ぼくたちは綿毛に運ばれる白い種子だ
はるかな嶺に輝く大気が反射している

光の海に寄せては返す薄（すすき）の紗の穂波
高原の草叢（くさむら）から立ち上る発酵の香り
天からの恵みを受けた季節の果実
ぼくたちは日に駆ける光のこだまだ

どこか高原を風が吹き抜けていく
乾いた耳鳴りとともに囁く声がする
ぼくたちは輝く銀の沙（さ）となって
深い秋空のかなたへと溶けていく

闇の扉

部屋でも往来の中でも
時々すべてを見えなくする
深くて冷たい水底(みなそこ)のように
満ちてくる暗闇は一体何だ?

囁き合う声も波の音も
鳥の囀(さえず)りも風の音もない
人は悲惨で身を刺す真実より
むしろ全てを覆い隠す闇を好む

だからはるかな昔から死者を
畏れとともに地に埋葬してきた
俺がそっと指先で辿っていくと
闇の中に見知らぬ扉があった

だがこの扉は俺をこの中へ
閉じ込めようとしているのか？
それとも俺をその中から
締め出そうとしているのか？

時空の漂泊者

生は死に誘われ
死は生の後を追う
生の先に死が潜み
死の果てに生が待つ

一粒の種子に光が当たれば
いつの日か発芽するように
一塊(いっかい)の泥土に陽が当たれば
新しい一つの生命となるのか？

夕陽が沈む湖で鳴き交わす
鳰（にお）の声は切なく悲しい
潜った場所の波紋から離れた
彼方でふいに浮かび上がる

茜色（あかねいろ）に揺れる湖面の黒い点
小さく孤独な時空の漂泊者
そんな風に私たちの人生も
どこかで暮れていくに違いない

思い出の棘

あなたから送られてきた
海外旅行の土産物は
一度も手を通さずに
包みごと捨ててしまいました

私には大きすぎ厚すぎます
あの茶色い革の手袋は
あの人と一緒に免税店で
ついでに選んだものだったのですね？

お父様が急死した直後に
あなたが密かに父の写真や日記や
着物などの遺品をすっぱりと
処分してしまったように

思い出の棘は跡形もなく
抜き去るべきなのですね？
お父様の死の時のように
流星が南天（なんてん）に尽きていきました

空に開かれた口

暗黒の宙から狂信の酒を
呑むべく空に開かれた口たち
真実からは程遠く生贄（いけにえ）の祭壇に
跪（ひざまず）いたまま不動の幾百もの膝

自由を守るためにと民衆を
取り囲む幾千丁もの銃口
人類の圧殺の歴史の中では
武器は力であり力は正義だった

魂の底に点っているのは家族との
平和な生活への思いだけなのに
彼らを狂気と盲信へと追い立てる
民家に向けられた戦車の砲口の列

夜に向かって穿たれたような
宙に見開かれたままの目と目
売られた臓器が摘出され遺棄された
子供の体の傷口が空に開かれている

冷たい雨に打たれて……

細く糸を引く雨足の中の灰色の不在の影
微熱の午後の思いを冷たく浸していく音
あれは　わたしの傘の中であったか？
それともそぼ降る雨の中であったか？

一ひらの花びらが冷たい雨に打たれるように
おまえの黒い目が何かを見つめて震えていた
あれは　過去のわたしをであったのか？
それとも　おまえ自身をであったのか？

蒼白の微笑が氷雨(ひさめ)に紛れて零れ落ちた
耳の奥の脈動にかき消された叫び声
ふと見上げた時　暮れていった空は
おまえの心に何を告げたのだろう?

その果てしない灰色の広がりのうちに
はかなくもおまえは身を隠してしまった
夜へと向かう雨粒が無数の蝕(しょく)となって
おまえとわたしの影を消し去っていった

六月の空の祈り……

六月の空を包む麗しい大気のように
緑の大地を流れる青く果てしない河のように
バッハの気高く快いアダージョのように
静かにゆるやかで滑らかな時がめぐり

朝露を置く清らかな花々の息吹の上に
夕暮れの憩いに染まっていく街の上に
心優しいものたちの慎ましい肩の上に
悲しいほどの安らぎが満たされますように

目覚めごとに新鮮な幼子たちの瞼の上に
落ちぶれ疲れて病んでしまった魂たちにも
人はみな裸で生まれ一人で死んでいくように
温かで静謐な慰安の時が訪れますように

太陽から三番目の惑星　地球に生きるものたち
長い時と空間を経た生と死の連環の果てに
生まれて初めてのものたちの出会いのように
私たちの日々が新たな光となりますように

根絶

占領軍は侵攻してくると
真っ先に病院を制圧した
医師や看護師や技師らを
拘束して支配下に置いた

町や村から病院に運ばれてくる
負傷者や死者たちの数から
民間人や婦女子の被害状況が
明らかになるのを避けるために

いつの時代からも占領軍が唱える
「平和と自由の女神」のためとは
老人や子供らを絶やし妊婦らを
胎児ごと抹殺することだったのか？

いずれ妊婦たちが愛と義憤に
燃える子供らの母親となり
赤ん坊が戦士になるのを
根絶やしにするために？

眠られない床

下町にある混み合った
古びた医院の待合室で
果てしない苦痛の時を
じりじりと耐えている

いろいろな患者たちが座り込む
ビニール製の長椅子のように
床（とこ）がべたりと肌に貼り付いたまま
ゆっくりと夜が更けていく

かつて信じられたものは
姿を変えて脆くも崩れ
確かで美しかったものは
振り向くと腐乱の姿をさらす

眠られない床の枕の中で
かすかに潮騒の音が聞こえてくる
「人生はやり直しが利くほど
寛容でも温和でも幸運でもない」と

蝸牛（かたつむり）

灰色の雨に草木の茂みが煙っている
三半規管の渦巻きが紫陽花（あじさい）の
濡れた青葉の葉裏（はうら）に貼り付いて
じっと六月の雨音を聞いている

やわらかな触覚でもある目の
二本のアンテナをほぼ平行に
濁った梅雨空にそっと張り出し
天空の神秘を探りとっている

いつの時代も宇宙の道をいくものは
自らの形態と本能に従順なのか？
人類の進化が時代に逆行するように
おまえも後退(あとじさり)りすることがあるのか？

歩む舌の足は己の存在を舐め進むように
ねっとりと光る航跡(こうせき)を後に残して
太古からの住居でもある渦巻きを
ゆるゆると葉蔭へと運んでいくのだ

夕焼け空

分厚い生（レア）の肉の血が滴り落ちる
赤錆（あかさび）色の夕焼け空の下に廃（すた）れた街は
悲しく暗い翼が折れて 蹲（うずくま）る巨鳥の
末期の黄ばんだ目に故郷の空を描く

焼け落ちた地平線は表土を剥がれ
堅くアスファルトを敷き詰められ
黒い窒息と背徳と淫猥の夜に咲く
赤い花々の匂いに狂い噎（む）せている

女たちは時代の潮に干満する
ひとつの海であり材質（マチエール）である
ネクタイで首を括（くく）った男たちが
宙を摑む節くれだった土気色の手

シシュフォスの永劫の苦役の罰から
逃れられる術（すべ）もなく暮れていく空は厚い
層積雲の血の肉の階段をよじ登ってゆく
死刑囚の目に映る広がりそのものである

蒼いスケッチ

深い夜に流れる静寂の囁き
針のない時計の文字盤の上を
方位を失った刻(とき)が惑い巡っている
私らは刑期のない囚人のようだった

切られた紅鮭の頭が流しに転がっており
半ば白蝋化(はくろうか)した目が宙を窺(うかが)っている
出刃庖丁の柄に遺されていた手の体温が
血糊の付いた俎(まないた)の上で融けていた

きみは独り食卓の椅子に腰を下ろして
倦（う）み疲れたもの思いに浸っていた
水道の蛇口から一滴の水が滴り落ち
紅鮭の鰓蓋（えらぶた）を打ち乾いた響きを立てた

無為（むい）な日常の中の抗いがたい空洞
また一日を失ったという思いが
音もなく光る蒼い痛みとなって
闇夜の高みへと駆け昇っていった

白いスケッチ

凍てついた暗い夜空から一枚一片(ひとひらひとひら)
透明な六角形の薄片からなる結晶が
自ら旋回する一つの翅(はね)となって
雪の白い花びらが舞い落ちてくる

きみの黒い髪に睫毛(まつげ)に降りかかる
――夜は雪の蒸溜(じょうりゅう)装置なのか？
雪に埋もれた公園のベンチの端で
きみは独りどんな夢想の裡(うち)にいたのか？

雪明かりで頬は象牙造りのようだった
——佇むものは色褪せた写真のアルバムだ
靴底にキュッと雪の軋る音が響いた
元々私らの住める街などはないのだ

凍った黒い空から白い斑点となって
舞い落ちてくる薄く透明な雪の結晶
人気(ひとけ)の失せた公園のベンチの隅で
きみは吐く息を白く凍らせていた

祝宴（8．6）

夏の朝　雲一つない青い空中での
銀色の閃光の闇に包まれ射抜かれ
すべての時間が止まってしまった
すべてのものが息を止められた

地球における真実は少なくとも
「神の恩寵」などではなかった
一機の爆撃機が横腹を光らせ
機体を急旋回して去っていった

地上では炭化した黒い遺体が
焼け落ちた街にあふれていた
御飯が真っ黒に焦げた弁当箱が一つ
遺体の群れの間に転がっていた

「神の祝福」により飛び立った機は
将兵らの大歓声を受けて帰還した
その日「歴史的爆撃」の成功を祝して
南の島では深夜まで盛大な宴が開かれた

一掬いの水（8．9）

――水を　せめて一掬（ひとすく）いの水を……
被災し動けなくなった人たちが
枯れ萎びた一つの蔓草のように
力ない細い指を宙にそっと伸ばす

小川の水を汲みに行くために
きみは川原に駆け出そうとする
絶望的な破壊の前で一滴の水さえ
偽善であるときみは知っている

だがきみは走り出せるだろうか？
歪んだ文明に蝕まれた掌では
一掬いの水さえ留めることは
できないのかもしれないのに

焼け焦げた襤褸布のように
道端に横たわる傷ついた人たち
土埃に顔を埋め地に耳を澄ましている
地下水の流れを聞いているかのように

後記

「光る種子」というイメージが何時頃から浮かんだのか自分でも分からない。ただ、幼・少年期を豊かに穂を垂れる稲田や芒(のぎ)と実を黄金色に揺らす麦畑の中で過ごした身には、無意識に「種子」に対する親しみ以上の「畏敬」の念があったように思う。

ドストエフスキーの『カラマーゾフの兄弟』の巻頭に次の言葉があった。

――誠にあなたがたに告げよう。もし、一粒の麦の実が地に落ちて死ななければ（実として死なず種子にならなければ）ただ、一粒の実のままであろう。しかし、その実が死んだなら（実としては死ぬが種子に変化して）いずれ豊かな実を結ぶだろう――

〔ヨハネによる福音書　第十二章　二十四節〕

少なからず衝撃を受けた。自分が漠然と感じていたことが明示されていた。生と死、死と生の融合……。実は食料でもあり種子でもある。農家では収穫した稲や麦の何割かは出荷し生活の糧とし、何割かは一家が暮らすための食料にし、そして、何割かは来年収穫するために蒔く「種子」とする。

近年、不都合な真実や不条理がまかり通る世が続いている。真実や正義を追究する声までもが「想定内」にあり、全体で一つの「予定調和」を形成しているのか。もし、それが事実なら「生と死」が不条理から成り立っているからなのか？いずれにしても、これらの作品の一つ一つが「光る種子」となって発光し、いずれ実を結ぶことを祈らずにはいられない。

◆桂沢　仁志(かつらざわ　ひとし)
1951年、愛知県生れ。北海道大学理学部卒。
元高等学校教諭。愛知県豊橋市在住。
著書：「八月の空の下(Under the sky of August)」
対英訳詩集、2010年
「仮説『刃傷松の廊下事件』」歴史考察、2013年
「生と死の溶融（メルトダウン）」八行詩集、2014年

光る種子たち

2018年1月22日　初版第1刷発行

著　者　桂沢　仁志

発行所　ブイツーソリューション
〒466-0848 名古屋市昭和区長戸町4-40
電話 052-799-7391　Fax 052-799-7984

発売元　星雲社
〒112-0005 東京都文京区水道1-3-30
電話 03-3868-3275　Fax 03-3868-6588

印刷所　富士リプロ

ISBN 978-4-434-24137-6